KB212025

FRANK MILLER'S

SIN CITY®

Original Creative Team

publisher
MIKE RICHARDSON

editor
JERRY PROSSER

sin city classic logo design
STEVE MILLER

cover design
CHIP KIDD

book design
MARK COX
BRIAN GOGOLIN
CHIP KIDD
LIA RIBACCHI

덥고 메마른, 바람조차 없는 밤. 뭔가 끈적거리고 비밀스런 짓을 할 만한 밤이다.

가만히 귀기울인다.

씬시티는 잠시 어울리지 않는 정적에 싸여 있다. 저 멀리 언덕에서 코요테가 짖는다. 경찰차 사이렌이 이따금씩 거리의 소음을 압도한다.

오른쪽 장딴지가 저리기 시작한다. 내려가서 벨보이 녀석에게 돈을 뱉어내랄까 하는 순간 열쇠 소리가 들린다. 그들이 온 것이다.

이번이 마지막이야, 샐리. 나도 어쩔 수 없어.

7

여자가 미끄러지듯
외투를 벗는다.
마치 선물 포장을
벗기듯 공을 들여 가며.
그럴 만하다.
눈길을 끌 수밖에
없는 몸매다.

하지만 깨는 것은
여자의 목소리다.

어린 소녀의 목소리.
순진한 척하는,
통통 튀기는
생쥐 같은
새된 소리다.

아니, 오늘은 됐어.
시간이 없다니까.
빨른 들어가야 해.
그리고 우린
이걸로 끝이야.
더 이상은 곤란해.

난 상관없어요.
당신이 대장이니까
맘대로 해요.

그녀는 '대장'이란
단어를 영업용으로
아주 길게 발음한다.

이 얼간이는 벌써
숨을 헉헉대고 있다.

찰칵!

글로리아 때문이야.
빌어먹을.
꼬치꼬치 캐물어대잖아.
뭔가 꼬투리를 잡아서
날 고소할 거야.
난 알거지가
될 순 없어.

9

그녀는 내가 받는 스트레스를
이해하는 시늉도 안 해. 빌어먹을.
늘 들볶기만 하지. 무슨 요구가
그리 많은지 쉴 틈을 안 줘.
내가 결재하지 않으면 월급도 못 받을
그 게으름뱅이 녀석들은 또 어떻고?
그놈들은 꾀병을 부려도 되지만
나는? 어림없지.

당신이
너무 강해서
그래요.

누가 아니래!
그런데 누가 알아주기나 해?
빌어먹을!
그것들은
받을 줄밖에 몰라!

그러다 확 다
잘라버리는 수가 있지!
누가 우두머린지
보여줄까 보다!
누가 대장인지!

나한테
보여줘요.

여자는 신음하면서 남자의 움직임에 맞춰 '대장' 소리를 반복했다. 일은 아주 빨리 끝났다.

찰칵!
찰칵!
찰칵!

내가 원하는 건 다 얻었다.

안타까운 건 그중 몇 장면은 구도가 끝내줬다는 거다.

세상에, 조이. 정말 대단했어요. 당신 앞에서 난 여자가 돼요. 이런 말, 창피하지만 사실이에요. 정말이지

그런 게 진짜 남자거든요.

사랑해. 자기도 내맘 알지.

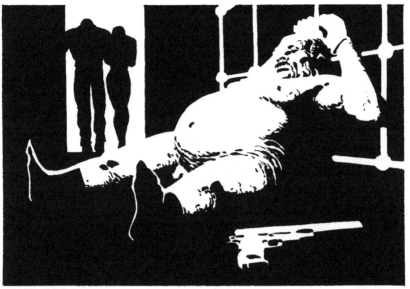

"그러면 좀 태워다 줄래요?" 여자가 묻는다. 여자의 진짜 목소리는 순진함 따위와는 1만 광년쯤 떨어져 있다. 열쇠를 집어다 수갑을 풀어준다. 얼간이 놈은 청소부 몫으로 남겨두자. 나가는 길에 여자가 놈을 걷어찬다. 정신이 돌아온 뒤 한동안 아플 테지.

올드타운을 향해 언덕을 넘어 리돈도를 탄다. 둘러 가는 길이지 여자가 떨고 있는 것을 보니 좀 시간을 주는 게 좋을 듯싶다. 지금은 흐느끼고 코를 풀고 담배나 빨아들이는 것이 고작이다. 여자는 여섯 대를 연달아 피운다. 좀 진정한 순간 갑자기 정신 나간 금발머리가 끼어드는 바람에 여자가 기절할 듯 놀란다.

지옥에서 뛰쳐나온 박쥐 같군.

돌았어.

도대체 제한 속도 어길 이유가 어디 있나.

18

살려줘서
고마워요.

샐리의 마지막 모습은
화장을 고치고
프로답게 유유히
멀어져 가는
것이었다.
아까와는
다른 창녀가 되어,
손짓과 윙크를 보내며.

이윽고 그녀는
올드타운이라는
고깃덩어리로
섞여든다.

올드타운.
널려 있는 미녀들을
보기만 하는 건
공짜다.

그리고 돈만 지불할
수 있다면 상상하는
건 뭐든 얻을 수 있다.

손이 떨리지 않게
운전대를 꽉 쥔다.
차를 돌려 언덕 너머로
몰아간다. 저 멀리.

가브리엘 전방이
훤히 뚫렸습니다.
쏩니다…
와와!

라디오를 틀어
기억을 쫓아버리려고
노력한다.
빌어먹을
올드타운의 기억,
술취한 아침과
땀에 절은 섹스,
그리고 어리석은
피투성이 난투극.

그저 골라서
가질 수는 없다.
나쁜 것을 버리고
좋은 것만 갖는 건
불가능하다.

일단 야수를
풀어놔 버리면.

아가멤논의 집에
차를 댔을 때는 블루스
3쿼터 후반에 12점으로
앞서고 있었다.
11시쯤 집에 들어가면
재방송으로 4쿼터를
볼 수 있겠군.

아가멤논은 늘 뭔가
먹고 있다. 그리고
늘 쾌활하다.

불륜 뒷조사를
맡게 된 것은
아가멤논 덕분이다.
그는 이쪽 전문으로,
그 육중한 몸 때문에
처리하기 힘든 일들이
내 차지가 된다.
절반을 떼어 가지만
공평하다고 생각한다.
아직 내 장비를
갖출 돈이 없어서
그의 암실을
사용하고 있으니까.
곧 내 공간을 얻을 수
있기를 바라고 있다.
비록 아가멤논이
고맙긴 하지만
역겨운 건
어쩔 수 없으니까.

이 자세 좀 보라구! 플레이보이 잡지에서 바로 튀어나온 것 같잖나! 자네를 아니까 말인데 자네는 한 장도 안 챙겼겠지? 그럼, 청정 간, 보이스카웃이 그럴 턱이 있나.

수갑, 이거 재미있지. 알지? 수갑 좋아하는 치들이 얼마나 많아.

특히 양복쟁이들. 판사들도. 판사들이 수갑이라면 얼마나 환장하는지 모를걸.

여자한테 채우는 걸 좋아하는 놈들도 있고, 자기가 차는 걸 좋아하는 놈들도 있고. 정말이지 난 책도 쓸 수 있다니깐.

내일이라도 타임스로 가서 길러랜에게 다시 날 써달라고 넙죽 엎드려볼까. 어쩌면 기회를 줄지도 모르지. 한때 나더러 퓰리처상 감이라고 한 적도 있으니까.

그게 언젯 적 얘기더라.

가야 할 길에서 10블록쯤
벗어난 주유소에 멈춘다.
기름이 필요해서가 아니라
내 일 중 최악의 부분을
마무리 짓기 위해서다.

카넬리의
아내.

이번 건은 변호사를
통해 이야기하고
돈을 받을 수 있어서
쉽게 풀린다.

원하는 대로
현금으로 준비했소.
증언대에
서야 할 수도 있소.
옆문으로 나가시오.

머스탱이 화가 나서 부들댄다.
이름값 하는 야생마다.
고삐를 놔주면 굉장한 걸
보여주겠다고 애원한다.

하지만 놔
줄 순 없다.

라디오에서 외로운 영혼들의 하소연이
흘러나온다. 듣고 있는 건 아니다.
흩어진 과거의 조각들을 되새긴다.
늘 그렇듯이, 똑같은 안쓰러운
그림으로 맞춰진다.

내가 망쳐버린 그 모든 나날들을 되새긴다.
그 전부를 말끔히 닦아낼 기회를 얻을 수만
있다면 뭐든 할 텐데. 이 무감각한
잿빛 지옥에서 빠져나갈 길을 찾을 수만
있다면. 뭐든 버릴 수 있을 텐데.

그 무엇이라도.

풀어놔주기만 하면.
불길을 다시 지피기만
하면. 한 번만 더.

그녀는
계속 지껄인다.

그리고 난
바보처럼
듣고 있다.

에이바.

빌어먹을.

옥에나
어지라고 할 것을.
신에 나는 안 해도 될
도를 하고
0분이나
찍 나갔다.

에이바.
빌어먹을.

도대체 뭐가 아쉬워서?

CLUB
PECOS

놈은
그래도 싸…

우웩

맞아, 빌.
집에 데려다
줄게.

씬시티에서는
두 블록을 지날 때마다
술집 하나씩은 필수다.
여기는 컨트리 바다.
거친 쪽의….

그녀가 가기는커녕
알 만한 곳도 아니다.

밤공기를 토해내고
땀과 구토와 술과 피와
연기가 곤죽이 된
바 안의 공기를 들이킨다.

익숙한 냄새다.

잘 있었나,
마브?

뭘 묻나,
드와이트,
늘 그렇지.

요새 통 못 본 거 같은데, 어디 멀리 갔다 왔어?

아니, 그냥 바빴어, 일 보게, 마브.

마브는 조심해야 할 남자다. 악의는 없지만 늘 사건을 일으킨다.

불쌍한 녀석. 이 바에 차고 넘치는 낙오자 중 하나다.

왜 여기지, 에이바? 당신답지 않아. 당신은 뭐든 늘 최고급이었잖아. 처음부터 끝까지.

그리고 내가 청구서를 감당할 수 없게 되자 다음 녀석을 빨리도 찾았지.

진저에일을
시켜놓고
한 시간 넘게
바라보고만 있다.

늘 그렇듯
그녀는 늦는다.

그리고 늘 그렇듯
기다린 보람이 있다.

드와이트….
이게 얼마만이지? 4년?

그 정도 됐군
않지.

그녀는 이런 데 있을
리 없는 스카치를
주문하고는
메뉴에 있는 것으로
합의를 본다.

독주는 그녀에게
어울리지 않는다.
게다가 담배라니.
냄새조차 싫어하던
여자였는데.

얼마나
전화하고 싶었는데.
정신 차려보면
자기 생각
뿐이었이.

가봐야
할 데가 있어
그냥 본론부터
말해.

한 번만 더
그러면 죽여
버리겠어.

날 용서할 수
없다면 제발
기억이라도 해줘.
기억 속에
남아 있으면
죽는 게 아니라고
하잖아.

도대체
무슨
헛소리야?

로드 부인,
그만
가시죠.

41

봐, 참견하고 싶은 각은 없지만 저 여자라면 숨 걸 만한데? 그냥 보냈어?

밤공기가 싸늘해진 것은 아니다.

기분 탓이다.

에이바.

빌어먹을!

45

다음 날은 괜찮았다.
바빴다. 집세를 내고
타이어를 갈았다.
영화도 보러갔고
에이바 생각은 그다지
들지 않았다.

이윽고 밤이 찾아오자
숨을 곳이 사라졌다.
경기도 없었고
아무도 전화를
걸어오지 않았다.
책도 눈에 들어오지
않았다.

침대로 들어가
눈을 감고 에이바를
지워야 할 이유들을
모조리 떠올렸다.
소용없었다.
엉뚱한 기억들이
떠올랐다.

그녀는 내 마음을
찢어놓고 그 조각들을
마치 재떨이라도
비우듯 흩어버렸다.
그런데 내 마음이
그걸 떠올렸는가?
아니다! 내가 아버지
이야기를 했을 때
그녀 얼굴에
떠오른 표정.
마리화나에 취해
끝없이 낄낄대던 그때.
한밤중에 이유도 없이
겁에 질려
울기 시작하던
그녀를 새벽까지
안아주던 기억.

맞다, 그리고
눈 속의 불꽃과
가슴의 촉감,
내 입속에
남은 맛의 기억.

에이바.

47

조금도 틈을 줘선
안 돼. 야수를
풀어놓아선 안 돼.

내가 뭘
하는 거지?

이 담배는
어디서 났지?

에이바 때문이다.
옛날처럼
날 미치게 만든다.

그녀를 떨어내자.
어떤 상황에 처했든 자업자득이다.

하지만 그렇다고
죽어야 하나?
그녀는 꼭 죽을 것처럼
말했다.

아마 모든 게 거짓일지도 모른다.
잔인하게 질 나쁜 농담을
걸고 있는 건지도.

어느 쪽이든
알아야겠다.

알아야 한다.

내막을 알아내는 데는
오래 걸리지 않을 거다.
그저 몰래
들어가기만 하면 되는
간단한 일이다.
대신 잡히면 최대 5년은
각오해야 한다.

씬시티를 벗어나
이 언덕을 기어오르는
데는 30분쯤 걸린다.
싸늘한 바람이 부는
이곳에는 부자들이
살고 있다.

그리고 그중에서도
가장 엄청난 부자가
바로 대미언 로드다.
로크와 로커펠러와
한 식탁에 마주 앉을 수
있는 남자.

대미언 로드.

에이바의 남편.

너는 모든 걸
졌다. 왜 하잘 것
는 날 끌어들이지?
친 짓이야.

아니면 정말
죽음의 위협에
처해 있단 말인가?

알아야겠다.

문은 보통 문이다.
감지장치도 없다.

제발 바보짓을
하는 게 아니어야
할 텐데.

49

망원 렌즈를
가져오길
잘했군.

에이바를 이렇게까지
속속들이 보게 될
줄은 몰랐는데.

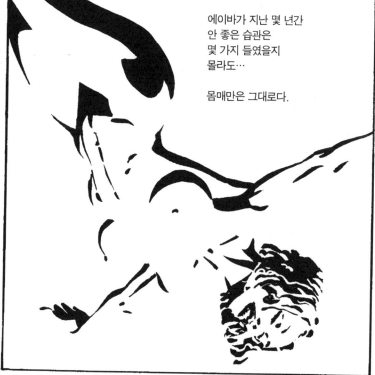

에이바가 지난 몇 년간
안 좋은 습관은
몇 가지 들였을지
몰라도…

몸매만은 그대로다.

로이 속삭이듯
미끄러져 열린다.
데미언 로드가
마치 말꼬리에서
떨어진 무엇인 양
나를 쳐다본다.
그렇지 않아도
나도 그렇게
느끼는 참이다.

여기 있는 게
뭐지, 매뉴트?

보아하니 변태 놈입니다.
꼴사나운 한심한 놈이죠.

사진만
찍었습니다.

잘못인 줄 압니다. 치료도
받고 있어요. 하지만 가끔
저도 모르게…. 누굴
해치진 않아요.

어떤가, 경찰을
안 불러도 되겠나?

예, 제가
처리할 수
있습니다.

좋아. 그럼
알아서 하게.

예,
주무십시오.

그리고 에이바,
제발 부탁이니 옷 좀 입어.

지옥에나 가,
대미언.

흐음!

한순간 내 정체를 들켰나
싶었는데 다음 순간
그의 눈이 차가워졌다.
살인자의 눈이다.

사타구니에서
원자폭탄이 터진다.

소리가
먹먹해진다.

계속 맞고 있는 건가?
모르겠다. 의식이 없다.

생각도 고통도
없는 곳으로
떨어진다.

공중에서 깨어난다.
땅바닥이 다가와
내게 질퍽하고
진한 입맞춤을 한다.

공중전화를 찾아
기름값과 피자를 대가로
아가멤논을 불러낸다.

다시 기절한
모양이다.

아가멤논은 중국음식점에 차를 대고 내가 얼굴의 피를 닦아내는 동안 스위트앤사우어 로드킬을 빨아먹는다. 그리고 약속한 피자를 가지러 간다.

내 오른쪽 불알을 걸고 맹세하는데 자네 분명 술 마셨어. 꼴 좀 보라구. 자네 옛날엔 정말 끔찍했지.

내 뭐랬어. 내 말이면 책도 쓴다니까.

다음 정류장. 이번엔 칠리 버거다. 도중의 어딘가에서 열쇠가 없음을 깨닫는다.

내 차를 내가 따야 하다니.

그리고 보니 내 머스탱이 서 있다. 이런 말도 안 되는.

세상에, 매카시 씨. 지금 몰골이 어떤지 아세요? 또 문제가 생긴 건 아니죠?

그냥 강도였어요.

왜 내 차를 돌려줬지?

말도 안 돼.

62

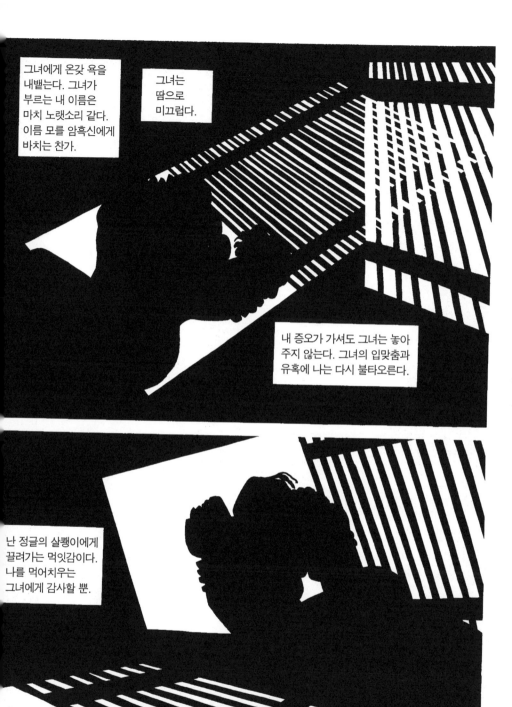

다시는 입 밖에
내지 않겠다고
맹세한 것들을
말해버린다.

난 그녀의
것이다.

몸도
영혼도.

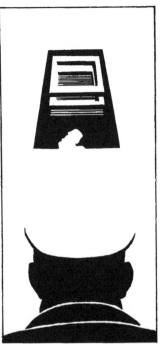

그녀의 음성이
가라앉는다.

죽는
것쯤이야
했는데,
아닌가봐.

마지막 밤을 보내면
편해질 줄 알았는데.

난 결국
대미언에게
목숨을 구걸하겠지.
당신 때문에.

그는 미쳤어.
미친놈이야.
쾌락을 위해서
날 고문해. 그러면
강해진 기분이
드나봐.

당신을 때려눕힌
매뉴트는 고문 전문가야.
당신이 내게 쾌락을 주듯
그는 내게 고통을 줘.

그녀의 웃음소리는
어둡고 공허하다.

안 돼, 추적당할 거야.
그러면 당신은 죽어.
나 때문에 당신이 죽는다면
견딜 수 없어. 그는 매뉴트가
날 찾아낼 줄 아니까
날 도망치게 내버려두고
비웃지.

내가 어떻게든
할 테니 날 믿어! 다시는
당신에게 손대게
하지 않아!

끄아아익!

행실이 바르지 못하시군요, 부인. 로드 씨께서 부인에게 훈육이 필요하다고 하셨습니다. 따라오십시오. 외투는 제가 챙기죠.

안 돼, 드와이트. 맞붙으면 죽어. 인간이 아니야. 죽는다니까.

부인 말씀을 들으시는 게 좋습니다.

드와이트! 안 돼! 내가 빌게! 사랑해!

죽는다니까!

퍼억

철문을 때린 느낌이다.

뻐억

문짝이
넘어지지 않으니
다시 때릴 수밖에.

대포알이
내 가슴팍을
정통으로 때린다.

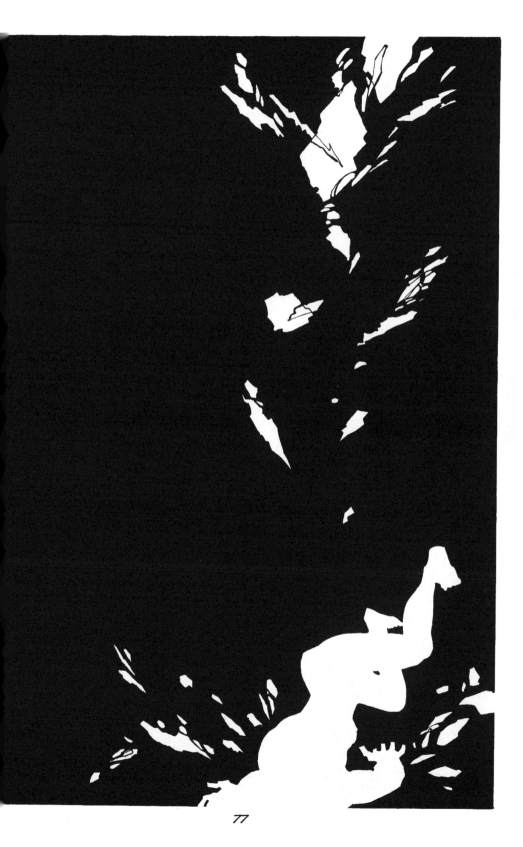

에이바가 나를
소리쳐 부른다.

의식이
멀어진다.

아무것도
알 수 없다.

에이바가 나를
소리쳐 부른다.

의식이 잠겼다 떠오르곤
다시 가라앉는다.
진흙탕처럼 되직하고
죽음처럼 어두운 곳으로
잠긴다.

에이바가
내 이름을
소리쳐 부른다.

후들거리는
팔로 다시 기어
올라온다.

뱃속에 따리를 틀고 있던
괴물이 목청을 찢고
튀어나오며
끝없이 피를 갈구한다.

이번만은
내게서 그녀를
뺏어갈 수 없어
이번만은.

해야 할 일이
분명해졌다.

가야 할 곳
역시.

이번에는 그 향기에,
그 기억에 저항하지
않겠다. 그 모든 걸
알콜처럼 들이켜
강해지고 악랄해지겠다.
더 이상 망설임은 없다.

찌직대는 스피커로부터
젖은 모래처럼
무거운 목소리가
울려 퍼진다.
소리가 너무 커서
가슴을 두들겨
맞는 기분이다.

관중은
낸시 때문에
침을 흘리고
있다.

비록 발정 난
주정뱅이들이
우글대는 술집에서
헐벗고 춤출지언정
낸시는 세상에서
가장 안전한
여자아이다.

그녀를 건드리면
어떻게 되는지
뻔하기 때문에
아무도 감히
손을 뻗지 않는다.

마음을
느긋하게 갖자.
대미언 로드가
지금 에이바에게
무슨 짓을 하는지
생각하지 말자.

기다려줘. 조금만.
데리러 간다.
그 큰 저택을
모조리 불사르는
한이 있어도
당신을 데리고
나오겠어.

그렇지만 혼자서는
할 수 없다.
누군가 난장판을
만들어줄,
나보다 크고 거친
녀석이 필요하다.
매뉴트를
쓰러뜨리려면.

나를
뭘로 보고!
크웨

어머나,
안 죽고
살아 있었네?

안녕, 셸리.
오랜만이군.

여섯 달 만이지, 드와이트. 여섯 달 동안 전화 한 통 없었다고.

그래, 내가 나빴어. 미안해.

누가 뭐 꽃이라도 보내 달래? 전화 한 통이면 되잖아. 당신 손해지 뭐.

미안해. 내가 정말 나빴어.

적당히 하라고?!

이런 데서?

그런 소리 이쪽에 있는 킹콩한테나 하시지!

그 사람은 내버려둬. 그리고 말조심해요.

괜찮아, 조시. 여기 사람이 아니니까 모르는 게 당연하지.

지당하신 말씀!

우리도 같은 생각이야!

뜨내기들이다. 소동이 벌어지겠군.

괜찮아, 마브. 내가 알아서 할게.

좋은 말 놔두고 꼭 그래야겠나.

냄새도 꼭 암소 같은걸! 너라면 그게 좋을지도 모르지만 말이야 하긴 그 얼굴에 그것도 감지덕지지.

정말 끝까지 까부는군.

헐, 암소가 좋기도 할 거야. 젖탱이가 좀 많아야 말이지.

주둥이 닥치고 꺼져.

녀석한테 보여줘!

내가 뭘 가지고 있는지 보여줘?

그거 참 염병하 큰 총이로군.

빠르고 멋진 녀석일세. 돈푼깨나 줬겠는데?

정말 감탄했어. 진짜야.

사람들은 대개 마브가
돌았다고들 하지만
내 생각은 다르다.

내가 의사도 아니고
마브를 속속들이
안다고도 할 수 없지만
'돌았다'는 말은
마브에게 들어맞지
않는다.
적어도 내 생각엔.
때로 그는 머리가
덜 깨인, 덩치 크고
잔인한 어린애 같기도
하다. 다른 아이들과
어울리는 기본적인
규칙을 배우지 못한
아이. 그렇지만 이것도
딱 들어맞는 느낌은
아니다. 아니, 마브가
잘못된 것이 아니다.
전혀. 그저 운이 나빠서
잘못된 시대에
태어났을 뿐인 거다.
한 2000년쯤 전에
태어났다면 좋았겠지.
고대의 전쟁터라면
제격이었을 것이다.
누군가의 머리에
신나게 도끼를
휘둘러댔겠지.
아니면 로마 시대.
그와 같은 검투사에게
검을 겨누는 거다.

그리고 낸시와 같은
여자들은 마브에게
상으로 던져졌을 거다.

그런데 지금
그는 그저 낸시를
쳐다보기만
하는 처지다.

우리는 낸시를
보면서 병을 비우고
그 어둡고 끈적끈적[한]
액체로 몸을 채운다[.]
그가 기분이 좋아[져]
위험해질 만큼
충분히 마셨다 싶[다.]
에이바 이야기를 하[면]
그의 눈이 죽일 듯[한]
붉은 빛으로 타오른[다.]
그가 필요하다면
나를 위해 죽음도
감수할 것임을
나는 안다.

불쌍한 자식. 나는 [그를]
이용하는 거다.

그래. 그를 이용한[다.]
그게 어쨌단 말인가[.]
어차피 누군가의
면상을 박살낼 걸,
내 부탁을 듣고
하는 것뿐이다.
싸구려 여인숙이나
하수구 도랑, 아니[면]
유치장에서
하룻밤 보내는 대신
에이바를 내 품안에[로]
돌아오도록
돕는 것이다.

어차피 그의 삶에
의미란 없다.
내가 아니라도 세상[은]
그를 살려두지 않을
것이다. 이 세상에[는]
그를 위한 자리는 [없다.]

불쌍한 녀석.

나 자신이 싫어진다[.]

5

마브와 총이라,
처음 본다. 그가 총을
다루는 모습은
정말 불안하다.

제대로 두들겨 맞은
건 인정해야겠다.
등짝은 마모기로
갈아버린 듯하고
콩팥은 착암기로
파낸 기분이다.
등뼈들은 얼기설기
얽혀 있고
얼굴이 있어야 할
곳에는 커다랗고
축축한 멍이
앉아 있다.
혀가 멋대로 움직여
욱신대는 곳을
건드리자 어금니가
흔들거린다.
낄낄거리며 어금니를
뱉어내자 마브가
흘끗 쳐다본다.
그리고 그 기분
알겠다는 듯 비틀린
웃음을 보낸다.

그는 틀렸다.

나는 그와 다르다.

그냥 하는 말이 아니야.
총은 차에다 두라고.
누굴 죽이러 가는 게
아니야.

아아,
재미없게 굴지
말라구.

우린 현관에서
찢어진다.

당신을 믿었어.
한번 자주기만 하면
홀딱 넘어와서 뭐든지
믿어줄 줄 알았거든.

그리고 당신 성질.
조절이 안 되지.
당신은 죄 없는 남자를 죽였어.
덕분에 난 부자가 됐고 말이야.

고마워,
얼간이!

푸슉!

너무 수다를 떨었나?
미안해. 참을 수가 있어야지.
이런 경우는 드물잖아? 평생 연기와 거짓말만
해왔는걸. 내 참모습을 감추고 말이야. 매뉴트가
안 나타나서 다행인지도 몰라. 이 순간을
당신하고만 나누는 것도 괜찮은걸.

돌았군!

돌았다고? 하! 그편이 설명하기 쉽겠지.
하지만 틀렸어. 거리에서 쇼핑 카트나 밀고
다니면서 혼잣말 하는 게 돈 사람들이야.
아니면 정신병원에서 속옷이나 적시고 있겠지.
내가 돌았다면 어떻게 이걸 다 꾸몄겠어.

틀렸어. 내게 들어맞는 말은
따로 있어. 하지만 아무도 쓰지 않지.
아무도 단순한 진리를 보려고 하지 않아.
만약 그랬다간 우리 같은 사람은 정체가
드러나는 대로 죽여야 할 테니까.

그렇지만 틀렸어.
그들은 눈을 감고 심리학을 들먹거리지.
아무도 진짜 악한 사람은 없다고.
그 덕분에 난 늘 이길 수밖에 없어.

철컥
철컥
철컥

빌어먹을!

흐음….

아, 경관님,
너무 무서웠어요.
온통 피바다에….
'피바다'라…
이거 괜찮네.

이런 건 두 다스 정도밖에는
안 만들어진다고. 영화에도 나왔었지.
어쨌든 정말 머스탱은 미안하게 됐어.
일단 자네부터 어떻게 한 다음에
가서 찾아올게.

차는 됐네. 올드타운에
데려다주기만 해.
거기 친구가 있어.
라디오 좀 꺼주겠나?

돌았나!
이건 머를이야!
머를 해드리라고!
고의 컨트리 가수!

머리끝에서 발끝까지
차갑게 떨린다.
심장 박동과 완벽하게
발맞춰 온기가
몸에서 빠져나간다.
힘을 주지 않으면
폐 한쪽에 난 구멍으로
공기가 들어온다.

총을 맞아 이런 꼴이
된 건 처음이다.

난 얼간이고
저능아에 살인자인데다
죽어가고 있다.
그런데 옆에 앉은
마브는 머를 해드려
이야기를 하고 있다.

이젠 나이가 들어
예전만 못한 줄 알았지.
'당신이랑 있으면 약 먹은 기분이에요'
같은 궁상맞은 노래나 부르고 말이야.
그걸 불렀다니 믿을 수가 없었지.

그 다음은 '당신은
내 인생의 빛'이라도 부를
셈인가? 맙소사.

쿠당

!

헌데
이 신곡은…

에에에엥

'불구가 된 병사들과 나'는
이제껏 최고야.
본때를 보여준 거지.
이럴 줄 누가 알았겠어?

…미안하네.

차
세워!

에
에엥

자네는 온통 피범벅인데
난 이렇게 떠벌이고 있었군.
그 여자가 32구경을 쓴 게
얼마나 다행인지.

6

그런데 절 의심하고
가는 곳마다
따라다니기 시작했죠.

머핀이란
버마고양이가 있었는데,
제가 무척 사랑했죠.
그런데 드와이트는
고양이까지 질투해서
눈을 도려냈어요.
나도 그렇게
만들 거랬어요.

전 도망쳐서
대미언을 만났죠.
안심하고 있었는데
전화가 걸려왔어요.
밤이면 밤마다요.
그러더니… 대미언이
이렇게 죽고… 오, 제발,
경관님. 절 좀 꽉
안아주세요.

불쌍한 미망인 모습에
보기만 해도 콧물이 나더군.
자네가 그렇게
딱 막히지만 않았다면
그만 안 놔둘 텐데.

난 아내가 있네,
밥.

모트, 자네 부인에게
불만은 없네만 이런 기회를
그냥 보내버리다니!
이런 떡고물도 없다면 뭐하러
씬시티에서
경찰 노릇을 하나?

그만하면
됐어, 밥.
좀 닥치라구.

리틀사이공을
가로지를 즈음
경찰 헬리콥터에게
발각됐다.
마브는 교묘한 운전술
기물 파손의 교과서다.
난 총을 쥐고 정신을
잃지 않으려 노력한다.
에이바를 생각하면서.

에이바.
넌 날 제대로 물 먹였
겨우 제자리를 찾았나
했더니 다시 나타나서
내 가슴을 찢어놨다.
이번엔 마지막 선을
가로질렀어.
치명적인 선을.
덕분에 난
이젠 돌아올 수 없는
곳까지 가버렸다.

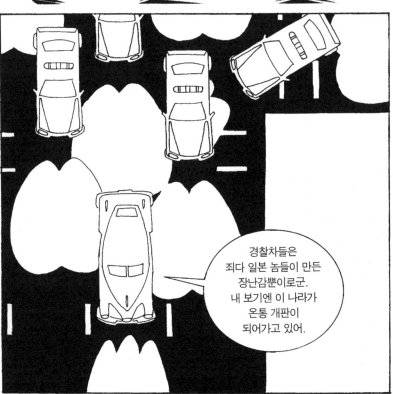

순간 '어쩌면' 이
파고든다.
어쩌면 네 탓을 해서는
안 되겠지.
어쩌면 내가
그 야수를 풀어놓은
순간 나쁜 일이 일어
되어 있는 거다.
늘 그렇듯.
어쩌면 나는 태생이
살인자인 거다.
어쩌면 넌 그저
내게 과녁을 준 것뿐.

어쩌면. 그렇지만
난 어쨌든 널 탓하겠다
다른 길이 없다.
지금 견딜 수 있는 건
오로지 증오 덕분이나
매달리는 수밖에.
나는 숨도 쉬지 못하
그저 꿀꺽대고 있다.
거슬리는 소리다.

134

포장도로가
조약돌로 바뀐다.
씬시티의 소음이
잦아든다. 이곳은
조용한 주택가다.
모든 열정과
폭력의 소음이
닫힌 문 뒤에
굳게 잠겨 있다.

올드타운.

숨 쉬는 게 더욱
힘들다. 심장이 점점
빨리 뛴다.
나쁜 징조다.

경찰차 한 대가
계속 쫓아온다.
아마 신참이겠지.
그렇지 않으면
벌써 물러섰을 테니
불쌍한 자식….

따르릉!

그러면
그렇지.

심장이
뛴다.

어둠 속에서
귀를 기울인다.

비가 유리창을 때린다.
씬시티의 비다.
대단할 것은 없다.
느릿한 빗방울들이
간격을 두고
창문을 때린다.
그저 사막을 지나는
소나기일 뿐이다.
밤조차 식히지 못하는.

밖에서 들려오는 건
픽업트럭의 엔진과
브레이크 소리다.
그리고 차문을
여닫는 소리.
올드타운 아가씨들이
영업에 나섰나 보군.

떠들던 주정뱅이가
쿵 소리와 함께
재빨리 침묵한다.

진한 커피향을 한껏
들이마신다. 그녀가
즐기는 너무 진한
유럽제 블랙커피다.

게일.

여기 올 수만 있으면
만날 줄 알았다.

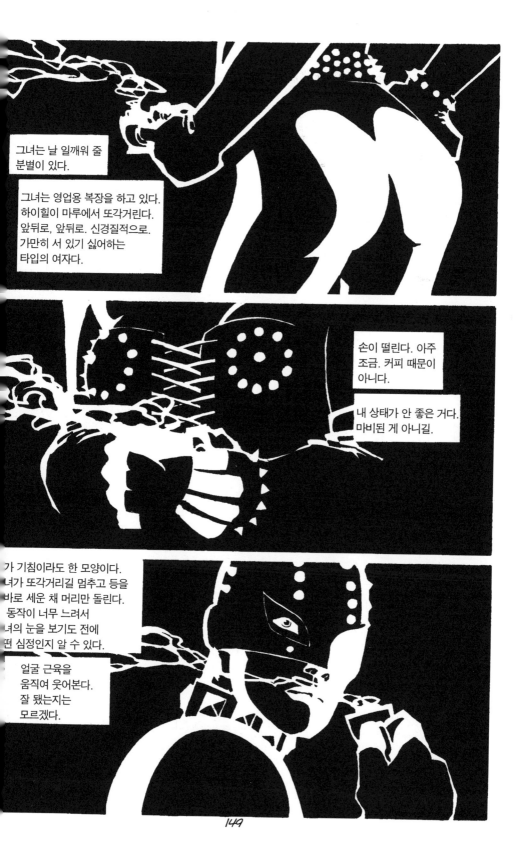

그녀는 날 일깨워 줄
분별이 있다.

그녀는 영업용 복장을 하고 있다.
하이힐이 마루에서 또각거린다.
앞뒤로, 앞뒤로. 신경질적으로.
가만히 서 있기 싫어하는
타입의 여자다.

손이 떨린다. 아주
조금. 커피 때문이
아니다.

내 상태가 안 좋은 거다.
마비된 게 아니길.

가 기침이라도 한 모양이다.
녀가 또각거리길 멈추고 등을
바로 세운 채 머리만 돌린다.
동작이 너무 느려서
녀의 눈을 보기도 전에
떤 심정인지 알 수 있다.

얼굴 근육을
움직여 웃어본다.
잘 됐는지는
모르겠다.

내 여전사는
부드럽게 흐느낀다.
"돌아올 줄 알았어."
그녀가 울먹인다.
"당신은 여기가
어울려, 바보."

난 어리석었다.
저 바깥이 나를 줄
알았다. 그곳에
어울릴 수 있을
줄 알았다.

두 번 다 틀렸다.

좋은 녀석이었수.
내 아들처럼
생각했드랬지.

그렇수다.
문제야 있었지만
누군들 안 그렇겠나.
인간 본성을 연구하는 사람인 내가
보기에는, 녀석이 돌아버렸다면
이유는 둘 중 하나지. 술 아니면 여자
말해두지만 녀석이 술을 마시면
글쎄, 무슨 짓을 할지 몰라요.
거칠지. 주먹도 빠르고 세지.
흔치 않아, 그런 녀석은.

이제 정직하게 말하자면,
녀석이 무슨 짓을 했는지는
몰라도 내 친구 편을
좀 들어줘야겠수. 녀석은 몇 달
술을 입에도 안 댔다우. 한 방울!
내가 놀릴 정도였지.
청정 간이라고. 알겠수?
청정 간….

어쨌든 마지막으로 봤을 때
꽤 얻어터진 상태였지.
취해 있지도 않았다우.
아마 여자 때문이겠지.

드와이트에게 술이랑 여자는
똑같다우. 어중간한 법이 없지.
보통 남자들처럼
조금씩은 안 되는 거라.
참, 종교적인 경험이라고
해야 하나? 시 따위나 쓰고.
에이바란 계집한테도
그랬다우.

그런 면에서는
좀 돈 놈이니까
혹시 무슨 싸움에
말려들었다고 해도
좀 참작을 해주슈.

그건 그렇고, 혹시 여기 도넛 좀 있수? 경찰이랑 도넛은 친하다는 얘기를 많이 들었는데 도넛 두어 개면 오른쪽 불알이라도 떼주겠구라.

도넛을 좀 갖다주게, 밥.

매카시는 술친구가 있었을 텐데요. 좋아하는 술집이라든가. 명단이 필요합니다.

피자에다 덴 도넛까지….

술친구? 드와이트가? 허! 녀석은 외토리야. 그것도 문제지. 늘 혼자라우. 비정상이야. 내 말은 책으로 쓸 수도 있다니까….

몰리가 댁이
떠날 시간이라

아니,
난 안 가.

땡, 틀렸어.

180cm 키의
게일이 팽팽하게
긴장한다. 하지만
내가 믿는 건 그녀가
숨기고 있는
45구경이 아니다.

미호에게
그걸로
맞설 순 없다.

자그마한
죽음의 사신.

미호의 얼굴에
날 알아본
기색은 없다.

당신이 돌았는지
멍청한 건지 양쪽 단지는
몰라도 이 동네를 은신처로
정한 건 실수야. 게일이
생난리만 피우지 않았어도
벌써 관에 누웠을걸.

살았든 죽었든
떠나야 해.

난 여기
있는다.

너희는 경찰을
막을 거다. 게일과 미호,
그리고
몰리를 도와서.

내가 명령하면
따라야 해.

겁을 먹는 게
당연한 상황이다.

한데 빌어먹을
'더블민트'
광고 음악이
머릿속을 맴돈다.

느끼지도
못하겠지만 한번
건드려봐, 미호.

이건 최후의 제안이야.
시애틀까지 가는 트럭에 태워드리지.
더 이상 여기 있겠다는 둥
나불댔다간….

미호가 꼼짝만 해도
몰리가 그렇게 뻘뻘대며
고쳐놓은 심장이 금세
터져버릴걸.

게일, 마누엘
이야기를 해줘.

응, 드와이트.

게일은
즐겨 피우는
러시아제 담배를
한 모금 빨아들이고
여유롭게
이야기를 푼다.

그녀는 그들에게
마누엘과
그의 네 형제가
켈리와 샌디와
드니스에게 무슨 짓
했는지 이야기한다.

그 백인
노예사냥꾼들에게
내가 한 일도
이야기한다.

말을 맺었나 싶자
그녀는 담배를
밟아 끄고
발키리의 시선으로
주위를 잠재운다.
한마디 한마디가
총탄처럼 쏘아진다.

만약 그를 죽일 셈이라면
나부터 죽여야 할 거야.
비록 짝사랑이지만
내가 유일하게
사랑한 남자거든.

…한 결말이지만
…두가
…다리고 있다.

…는 말을
…는다.

아주 어두웠다.
3년 전 그 복도는.

미호를 공격한
패거리 셋은 미호에게
죽었어. 그렇지만 미호 역시
나머지 둘에게 거의
끝장날 뻔했지.

아주 어두웠으니
아마 자기를 구한
사람의 얼굴을
못 봤을 테지만.

원하던 걸
손에 넣는다.
시간…

그리고
추가 수술.

매카시 씨는 좋은 세입자였다우. 방세도 늘 제때 냈고. 점잖고 예의바른 데다 부탁하지 않아도 건물 여기저기를 손봐줬지. 그 사람이 뭔가 나쁜 짓을 했을 거라고는 믿을 수가 없구려.

그래요. 힘든 시기도 겪었다지.

방을 구할 때 그 이야기를 다 하지 뭐유.

늘 혼자 있었고 찾아오는 사람은 전혀 없었다우. 그 끔찍한 밤 이전까지는. 그 여자를 들여놓지 말 것을. 하지만 너무 예쁘고, 그이가 늘 외로워 보여서. 내가 좀 감상적이라우.

매카시 씨는 마치 싸움이라도 한 모습으로 돌아왔다우. 강도를 당했다길래 그런가 보다 했지. 그야 의심할 이유가 없으니까.

들어간 지 얼마 안 돼서… 으음…. 시끄러운 소리가 나데. 꽤 오랫동안. 맙소사. 천장이 어찌나 흔들리던지. 그 여자 이름을 계속 불러대고…. 에이바, 였던가? 아마 다른 사람이었다면 나중에 따로 불러서 뭐라고 했겠지만.

그리고 싸우는 소리로 바뀌었다우. 우당탕탕거리고 깨지는 소리도. 유리가 깨지는. 여자 비명하고….

난 이 순간을 위해 살아.
당신이 아침까지 같이 있어
줬으면 좋겠어. 이번만이라도.

뭐야?
뭐가 잘못됐어?
뭔가 있지?

매카시의 집주인이
그러는데 당신이 그
집으로 찾아갔다더군
사건 전날 밤에.

맞아.
그리고 강제로
당했어. 거의 죽을
뻔했지.

설득할 수 있을 줄 알았어.
그런데 최악이었어.
날 때려서 바닥에 쓰러뜨렸지.
내 목을 움켜잡고 목을 조르면서….
매뉴트가 따라오지 않았더라면….

맙소사! 다 내 잘못이야!
내가 거기 안 갔더라면
그가 그러지 않았을지도
몰라! 이제는 그를
막을 수가 없어!

날 죽일 거야!
당신이 그를
잡아넣어도!
어떻게든 날 죽이고
말 거야!

아냐, 에이바.
결코 당신을
해치진 못해.
내가 죽일 거니까.
맹세해.

165

하나는 인정해줘야겠군, 모트.

어쩌면 이렇게 멋진 곳만 골라 다니나.

이건 또 뭐야. 낮짝에 옷꼬라지 하곤.

으아아악

콰드득

드와이트요?
이번엔 무슨 바보짓을
저질렀대요?

아니, 안 들을래요.
듣고 싶지 않아. 그 자식은 별로
알지도 못하고 알고 싶지도 않아요.
일단 팁이 짜요. 밤마다 주인 잃은
강아지 꼬락서니로 죽치고 있죠.
그나마 성가시게 굴진 않으니까,
불쌍하던 차에 그날 처음
이야기를 나눈 거예요.

이야기를 했죠.
말은 잘하더구만. '그 여자 때문에
망했어' 어쩌구야 늘 듣는 레파토린데
그 사람은… 왠지 와 닿더라구요.
아시겠어요?

제가 바보였어요.
집으로 데려간 거죠.
무슨 생각을 한 건지.

어쩌다 보니까 하게 됐는데,
거칠더라고요. 뭔가 달랐어요.
그 자식이 에이바라는
이름을 부르기 전까지는.
어떻게 잊겠어요. 한 열댓 번은
불러댔는데. 그러고는 갑자기
울부짖기 시작하더니 날랐어요.
인사도 없이. 사과할
배짱도 없는 놈이죠.

그게 여섯 달 전인가?
그동안 전화 한 통 없다가 갑자기
얼굴이 온통 엉망이 돼가지고 술 냄새를
풍기면서 들어오더라구요. 근데 시작은
그때부터였죠. 맹세코, 그렇게
곤드레만드레 취한 건 처음 봤어요.
늘 그렇듯 혼자 마시고 혼자 떠났어요.
그런 자식하고 끝까지 갈
위장을 가진 사람이
어딨겠어요?

올드타운까지 기어갔을걸요.
그리곤 더 들이부었겠지.
올드타운에 친구가 있거든요.
무슨 말인지 아세요?

따르릉!

따르릉!

에이바, 난 아주 좋아지고 있어. 곧 만나러 가겠다.

눈 떠.
꼼짝 말고.

매카시. 눈 속에 죽음이
보이는군. 숨 쉬고 생각하고
말하지만 네 영혼은 죽었어.
몸은 곧 뒤따르겠지.

아아, 난 아주 건강해.
빚 갚을 준비가 됐지.
그전에 좀 명확히 해둘 것이
있어서. 고문 이야기 말인데,
너희 둘이 꾸며낸 거지?
너와 그녀는 애인이고.

어리석긴!
여신이 애인을 두나?
여신은 남자를 노예로 부리
데미언 로드, 너, 나.
우린 복종할 뿐이야.

틀렸다, 에이바.
네가 여신이라니.
넌 마녀고 육식동물이야.
내 이런 결말은
당연하다고 치자.
그렇지만 다른 자들은?
선량한 남자들이 미쳐서….

그쯤 해둬, 모트.
정말 정신 나갔군!
그 계집 때문에 마누라를
버린 것도 모자라
이제 밥줄도
버릴 참이야?

내 일은 내가 알아서 해,
밥! 몇 번을 말해야 알겠나?
난 올드타운으로 간다!
놈을 완전히 끝장내겠어!
혼자 가야 한다면
그렇게 하지!

차 돌려 모트. 서로 돌아가자구.
서장과 좀 얘기해보면 어때?

뭘 얘기하라는 거야?
난 내 일을 하는 것뿐이야.
살인자를 쫓는 거라구!

정말이지, 좀 봐주게!
어떻게 이렇게까지 망가지나!
그 여잔 그만 잊어!

그만 됐어, 밥!
에이바 얘긴 하지 말자구
날 자극하지 마!

타앙

마녀. 육식동물.

때론 이득을 위해.

사람들을
망가뜨린다.

때론 심심풀이로.

피닉스 발 10:46편은
정확한 시간에
베이신 시티 중앙역에
들어선다.

안녕하십니까.
차가 대기 중입니다.
가방 주십시오.

누구도 내 가방은
못 건드리지.
그리고 당신보다
훨씬 귀여운 사람이
날 마중나와 있소.

혼자 오시는 걸로
알고 있었습니다만.

난 원래
내멋대로거든.

20분은 족히 걸릴 거 같은데.
할 일은 없고.
난 가만 있는 거 싫거든요?

에디는 가끔 너무해요.
당신 같은 남자랑 날 둘만
두다니. 난 당신처럼 키 큰 남자만
보면 이런 짓 저런 짓 하고 싶더라.
그렇지만 당신이랑 나랑
무슨 짓을 했다가, 물론 그러면
안 되겠지만, 에디에게 들키면
둘 다 죽을 거예요. 저번에도
호된 꼴을 당했거든요.

...러니 해서는
...될 짓을 하다가
...키면 안 되겠죠?

난 입이
아주 무겁소.

189

로드 부인은 목욕 중이십니다.
곧 오실 겁니다.

제이콥. 이자가
움직이면 쏴버리게.

옙

무슨
짓들이야?

사 솜씨는 칭찬해
야겠군. 매카시 씨.
라운 변신이야.
지만 네 눈, 죽은 자의
은 변함이 없거든.

이렇게
모든 것이
틀어진다.

내 옷 속을
조사한다면
끝장이다.

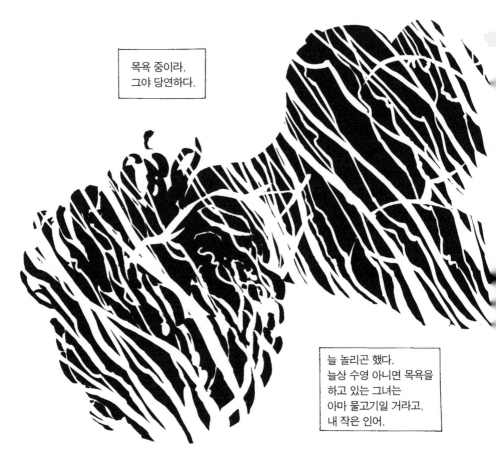

목욕 중이라.
그야 당연하다.

늘 놀리곤 했다.
늘상 수영 아니면 목욕을
하고 있는 그녀는
아마 물고기일 거라고.
내 작은 인어.

그건 아주
오래전이다.
우리가
연인이었을 때.

아주 먼 옛날.

에이바.

빌어먹을.

그녀는 마침내
숨을 쉬러
나왔다.
매뉴트가
내가 누군지를
말한다.

드와이트… 정말 당신
이네. 놀라워라. 나 때문에
이 고생을 한 거야?

여기 와야 될
사람은
어떻게 됐지?

아직 피닉스에
있다고만
해두지.

그녀가 말을 잇지만
귓전의 쿵쾅거림 때문에
들리지 않는다.
턱이 팽팽하게 당겨지고
등은 묶인 듯 뻣뻣하다.
난 자신을 새로 만들었다.
미호와 게일을 이 일에
끌어들였다.
아니, 그렇게 생각해선
안 된다. 규칙적으로
호흡할 것. 긴장을 풀고
모든 걸 걸고 있는
그 기회가 찾아올 순간을
대비하라.

그녀의 살갗에서
아직 김이 오른다.

그런 짓을 저지른
그녀인데도
내 눈은 그녀에게
못 박혀 있다.

그녀가 저지른 짓들.
그 오랜 세월. 그 거짓과
눈물과 피와 죽음.
그러고도 내 눈은
그녀에게 못 박혀 있다.

그걸 모를 그녀가
아니다. 웃으면서
과시한다. 놀라운
몸매의 구석구석을
조명 아래에서
보여주는 거다.

생각하라. 집중하라.
네 소매에 안착한
차가운 것을 느껴라.
네 왼팔에 찬 그것을.

긴장 풀고. 생각하라.

그녀가 한 짓을 되새겨라.
그녀가 누구인지를 되새겨라.
떠들게 놔두고 기다려라.

게일이 자기 역할을
할 때까지….

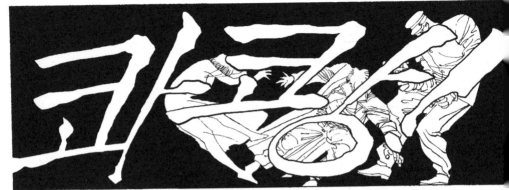

여기저기서 놈들이
고함을 치며 머신
갈겨댄다. 저 바깥
생지옥이다.
그녀들이 내게
단 한 번의 확실한
기회를 만들어준

내 소매에는 조그만
싸구려 25구경밖에
감출 수 없었다.

그녀는 울면서
헐떡인다.

젖은 눈에
사랑이
가득하다.

등 뒤에서 놈이
으르렁댄다. 금방
덮칠 기세다.

이제는
속도와 운에
달렸다.

이거
어쩐다?

드와이트! 엎드려!

으응?!

자그마한
죽음의 사신
미호.

떨어지는
낙엽보다도
조용한.

죽여버려. 죽이라고 해요.
그 수밖엔 없어. 놈 때문이야.
모두 다. 목을 치라고 해!
인간이 아니야!
날 조종했어!

그만 둬, 에이바.
이제 끝이야.

FOR **CYCLONE**

씬시티2: 목숨을 걸 만한 여자

1판 1쇄 찍음 2006년 7월 14일
1판 5쇄 펴냄 2018년 1월 31일

지은이 프랭크 밀러
옮긴이 김지선
레터링 김수박
펴낸이 박상준
펴낸곳 세미콜론

출판등록 1997. 3. 24. (제16-1444호)
(06027) 서울특별시 강남구 도산대로1길 62
대표전화 515-2000 팩시밀리 515-2007
편집부 517-4263   팩시밀리 514-2329

한국어판 ⓒ (주)사이언스북스, 2006. Printed in Seoul, Korea.

ISBN 978-89-8371-342-1 04840
ISBN 978-89-8371-340-7 (전7권)

세미콜론은 이미지 시대를 열어가는 (주)사이언스북스의 새로운 브랜드입니다.
www.semicolon.co.kr